AF559534

Der Geist am Berg

Tim Krohn

Der Geist am Berg

Illustriert von Laura Jurt

Verlag Galiani Berlin

Mix
Produktgruppe aus vorbildlich bewirtschafteten Wäldern und anderen kontrollierten Herkünften

Zert.-Nr. SGS-COC-001940
www.fsc.org

Verlag Kiepenheuer & Witsch, FSC-N001512

1. Auflage 2010

Verlag Galiani Berlin

Umschlaggestaltung: Manja Hellpap und Lisa Neuhalfen, Berlin
Umschlagmotiv: © Laura Jurt
Lektorat: Wolfgang Hörner
Gesetzt aus der Sabon
Satz: Pinkuin Satz und Datentechnik, Berlin
Druck und Bindung: GGP Media GmbH, Pößneck
ISBN 978-3-86971-022-8

Weitere Informationen zu unserem Programm finden Sie unter
www.galiani.de

Für Anna, Anna & Annalisa

Bis vor kurzem lebte etwas unterhalb des Gipfels des Piz Spiert eine Frau, die von allen stets nur die Stine gerufen wurde, obwohl sie längst kein Kind mehr war. Sie lebte auf einer Alp, die die steinerne Alp hiess. Früher hatten dort Kühe geweidet, doch einige heisse Sommer hatten die Firne auf der Westflanke schmelzen lassen, das Schmelzwasser war ins Gestein gedrungen, der Nachtfrost hatte die Felsen gesprengt, und seither zerfiel der Berg. Einzelne Steine, immer öfter auch ganze Lawinen stürzten herab und verwandelten die Alp in eine Einöde aus Fels und Geröll. Für die Kühe war die Alp längst zu gefährlich, auch versengte die Hitze die Futterpflanzen, und so gab es auf der steinernen Alp nur noch Ziegen. Auch die wurden oft genug von Steinen erschlagen, dennoch liebte die Stine ihre Alp. Sie bewirtschaftete sie gemeinsam mit einem Knecht, dem Severin, und ihrer Mutter, die sie Mumma rief, und Jahr für Jahr sträubte sie sich bis lange über den ersten Schnee hinaus dagegen, den Berg zu verlassen und hinab ins Winterquartier zu ziehen.

Die Stine hasste das Tal. Zwar lag auch ihre Winterhütte noch eine gute Wegstunde oberhalb des Dorfs, doch selbst die steinerne Alp lag ihr zu tief. Die Geissen trieb sie täglich bis hoch an den Berg, und alle Abende nach dem Melken rannte sie nochmals von der Alphütte – die schief und löchrig war, dazu niedrig wie ein Kinderzelt, aus Felsbrocken und Schiefer geschichtet, die gröbsten Löcher waren mit Mist verstopft – aus bergwärts, sobald auf der anderen Talseite die Sonne unterging und am Piz Spiert empor der Nachtschatten stieg. Mit ihm rannte die Stine um die Wette, barfuss klet-

terte sie dem Bruch nach gipfelwärts, oft holte der Schatten sie unterwegs ein, doch wusste sie bereits, an welcher Flanke sie ihn wieder überholen würde. Gewonnen hatte, wer als erster den Teufelsgupf erreichte, einen Felsvorsprung, den nur noch eine überhängende Wand vom obersten Gipfel trennte. Wenn sie von dort mit schweissverklebtem Haar und um Luft ringend die Sonne nochmals sah, war es ein guter Tag gewesen. Wenn sie verlor – oft schlug sie sich am Schotterkegel die Zehen blutig, oder sie blieb im Sulzschnee stecken, der Schatten fing sie ein, es gelang ihr bis zum Gipfel nicht mehr, ihn abzuschütteln –, blieb sie für den Abend stumm und grantig.

Doch maulfaul waren die drei ohnehin. Das Melken und das Käsen brauchte keine Worte, danach ging jeder seiner Wege, die Mumma blieb meist in der Hütte und reinigte das Käsereigeschirr, stopfte die Käsetücher, kochte, der Severin stieg über alle Hänge, um Alpbegrenzungen neu zu schichten, die über Nacht die Gämsen eingerissen hatten oder der Sturm, dann schönte er die Weiden ab und gab sich Mühe, die immer breiter klaffenden Spalten und Tobel einzuzäunen, damit die Geissen nicht zu Tode stürzten. Wenn ihm danach noch Zeit blieb, stieg er unter die Waldgrenze ab und suchte Feuerholz. Die Stine schliesslich führte die Herde an, sie stieg versprengten Gitzi nach und pflegte die verletzten Tiere. Morgens und abends molk sie zudem mit dem Severin, während die Mumma unterm Käsekessel feuerte und danach käste. Doch nicht einmal beim Melken sprachen sie, seit einst der Severin der Stine vorgeschlagen hatte zu heiraten und dafür eine Maulschelle fing. Nachts im Tril rieben sie gelegentlich in stummem Keuchen die Körper aneinander, die Stine hatte damit angefangen, als sie noch Kinder waren, seither war es dabei geblieben und sollte auch nicht anders werden. Die Stine mochte keine Veränderungen. Wenn

nachts beim Essen – meist gab es Nudeln oder Fänz aus der gemeinsamen Schüssel – der Severin oder die Mumma fand, der Steinschlag töte ihnen bald die ganze Herde, dann hätte es sich ohnehin ausgealpnet, warf sie den Löffel in die Schüssel und schwor, was immer am Hang geschehe, niemals verlasse sie die Alp.

Natürlich hatten die Mumma und der Severin recht, der Berg war längst so brüchig, dass es in jeder kalten Nacht Geröll absprengte, und immer öfter fand die Stine, wenn sie vor dem Morgengrauen die Herde zum Melken holte, eine Geiss erschlagen oder so schwer verletzt, dass sie der Severin abtun musste. Er packte sie dazu an den Hinterläufen und drehte sich mit ihr, als schwinge er ein Kind zum Spiel, dann brach er ihr an einem Felsvorsprung den Hals. Die Stine hatte sich längst abgewandt, als ginge sie das Töten nichts an, und trieb die übrigen Tiere in den Melkstand, während der Severin die tote Geiss in die Hütte trug. Wenn sie am

Abend von der Weide kam, hatte die Mumma sie schon ausgebeint, das Fell gesalzen und es zum Trocknen auf das Dach gespannt.

An solchen Tagen rannte sie nicht mit dem Schatten um die Wette. Sie holte aus dem Stall den gelben Plattenspieler, der aussah wie ein Damentäschlein und der in Stines Kindheit einem italienischen Melker gehört hatte, der behauptete, mit Musik gäben die Kühe beim Melken auf die Dauer doppelt soviel Milch. Ehe es bewiesen war, hatte sich sein Blinddarm entzündet, er kam ins Hospital und kehrte nicht auf die Alp zurück. Doch seither hing der Plattenspieler am Nagel, und manchmal nahm die Stine ihn mit sich und stieg auf eine abgewandte Flanke, von der aus sie bis hinters Tal sah und ins Flache, und sass dort eine Ewigkeit und hörte stets dieselbe Platte, die einzige, die die Geissen nicht gefressen hatten, weil sie im Schlitz vom Plattenspieler steckte. Das Lied erzählte vom Zigeunerbuben, der ohne das Mäd-

chen, das ihn liebte, in die Ferne zog, und hörte die Stine die Musik, verlor sie Tränen und sehnte sich mit jenem Buben in die Ferne, obwohl sie nur das Tal und den Piz Spiert kannte.

Doch wenn am nächsten Morgen keine Geiss erfallen war, fand sie das Leben auf der Alp gleich wieder schön wie nichts sonst auf der Welt und rannte am Abend wie das Bisiwetter mit dem Schatten um die Wette und spielte gar mit ihm und tat, als liesse sie ihn gewinnen, und kam dann doch haarscharf als erste auf den Teufelsgupf und freute sich schon auf die letzten Sonnenstrahlen – da stieg eines Abends plötzlich ein Helikopter aus der Tiefe und schwebte direkt vor ihr in der Luft, schwarz und tosend stand er vor der Sonne und wehte die Stine fast vom Vorsprung. Dann stieg er nochmals höher, dem Gipfel zu, aber inzwischen hatte der Schatten die Stine eingeholt, und sie verlor das Rennen.

Seither flog er fast täglich, die Stine hasste ihn. Als der Severin nach einem Botengang vom Dorf kam, erzählte er, die Besitzerin vom Grandhotel habe sich mit einem aus dem Unterland zusammengetan, der fliege ihre Gäste auf die Gipfel. Der Piz Spiert hatte als harscher, kaum zu besteigender Berg gegolten, besonders die Westflanke, und bis hinauf zur steinernen Alp hatte sich öfters ganze Sommer lang kein Mensch verlaufen. Das war nun anders. Die Stine rannte eines Mittags vom Hüten fort schnell auf den Haargrat, der auf den obersten Gipfel führte, von ihm her ging es links und rechts bergab, steil wie ein Kirchturmdach, und für gewöhnlich war dort oben nichts als nur der Wind, der ihr das Haar verblies, vielleicht noch ein Adler. Doch diesmal sass die Inhaberin des Grandhotel, eine beleibte, stets in Rüschen gekleidete Frau, mit ihren besten Gästen auf dem Gipfel, mit Silberbesteck und Porzellan ass die Gesellschaft zu Mittag, bedient wurde sie von

einem Kellner im Frack, und als die Stine kam, wurden Fotoapparate gezückt.

Der Fluglärm erschreckte zudem die Geissen, mehrmals stürzte ein Tier ins Tobel ab, die Herde blieb unruhig und gab deutlich weniger Milch, so wenig, dass es kaum noch das Käsen lohnte. Zu guter Letzt explodierte eines Tages – das hatte mit den Helikoptern nichts zu tun – das Aggregat, sie hatten keinen Strom mehr, und für ein neues Aggregat fehlte das Geld. Die Stine stieg ins Tal und bat die Bank um Hilfe. Doch statt den Kredit aufzustocken, sperrte man ihr das Konto, sie hatte zuviel überzogen.

Die Mumma war dafür, das Alpnen aufzugeben und ins Dorf zu ziehen, die Stine war dagegen, wen wundert's. Der Severin bot an, sich anderswo als Zusenn zu verdingen, bei Kost und Logis würde der Lohn von einem halben Jahr genügen, um ein neues Aggregat zu kaufen. Allerdings müsste ihn die Stine als Gegengeschäft heiraten, und diesmal rechnete der Severin sich gute Chancen aus. Die Stine hatte aber einen eigenen Vorschlag. Vor kurzem erst hatte die Eigentümerin des Grandhotel ihr am Berg abgepasst und angeboten, sie stelle sie im Service ein. Die Stine hatte nur gelacht, noch eher tauge eine Geiss zum Pfarrer, hatte sie gemeint, die hätte wenigstens noch einen Bart. Doch die Eigentümerin verriet, bei ihren Gästen sei die Stine eine Berühmtheit, und viele flögen nur über den Piz Spiert, um zu sehen, wie sie die steilen Hänge erklomm.

Sie bot auch währschaftes Geld, und obwohl der Severin prophezeite, im Hotel hielte sie es keine Woche aus, und viel gescheiter würde sie ihn nehmen, rechnete die Stine ihm vor, was sie mit Trinkgeld und Sonntagszuschlag verdienen könnte, und wenn sie auch nur halbwegs richtig rechnete, verdiente sie in einem einzigen Winter im Hotel so viel, dass es fürs Aggregat und alle Bankenschulden langte.

Zwei Tage später stieg sie talwärts. Im Dorfladen arbeitete die Monika, die vor Jahren eine Lehre als Kosmetikerin in Thusis begonnen hatte. Sie war bald wieder zurück im Dorf gewesen, aus Heimweh oder weil sie das Zeug zur Kosmetikerin nicht hatte – neben ihrer Arbeit als Verkäuferin im Volg richtete sie aber seither die Frauen aus dem Tal her, wenn eine Feier anstand. Zu ihr ging jetzt nach Ladenschluss die Stine, damit sie sie für die im Grandhotel zurechtmachte. Neben hochtoupiertem Haar und blauer Schminke bekam sie Schuhe mit Absatz, auf denen sie noch üben musste, dann Strumpfhosen mit Pailletten, einen Jupe und eine Bluse, die Kleider lieh ihr die Monika von ihren eigenen aus der Stadt.

Es war eine kalte Septembernacht, es schneite dünne Flocken, als die Stine in Jupe und Bluse über die gekieste Strasse stöckelte und die hohen Hacken in die Erde stemmte, als trage sie Nagelschuhe. Vom Grandhotel kannte sie nur die Pforte, an der früher der Vater Milch angeliefert hatte, dort hämmerte sie gegen den Wellblechladen, bis der Nachtportier dem Lärm nachging und sie hereinnahm.

Die Gäste schliefen, die Bar war geschlossen, nur Nachtlichter brannten. Hinter Glas leuchtete so blau wie winters der Mond das Schwimmbad. Die Stine hatte dem Nachtportier gesagt, die Eigentümerin habe sie eingestellt, so führte er sie über eine alte, geschwungene Seitentreppe ins Dachgeschoss und wies ihr ein Mansardenzimmer zu, in dem sonst Dichter oder Barpianisten wohnten, die engagiert waren, um die Gäste zu unterhalten.

Die Eigentümerin des Grandhotel war anderntags doch etwas überrascht, die Stine zu sehen, und wollte sie erst nur in der Wäscherei oder beim Zimmerdienst anstellen. Doch die Stine forderte die Stelle mit dem meisten Trinkgeld oder keine, und also kam sie in die Bar. Die Kellnerinnen mochten sie nicht, am wenigsten die Priska, eine schmal gebaute Bayerin, die sich im dichtesten Gedränge so durch die Gäste schlängeln konnte, dass man fast glauben musste, sie nehme selber keinen Platz ein. Die Stine dagegen war grob und kannte keine Umgangsformen. Doch sie beobachtete das Personal, wie sie am Berg die Gämsen beobachtet hatte. Und wie die Gämsen sie das Klettern gelehrt hatten, lehrte sie jetzt das Personal. Nach Stunden nur bewegte sie sich schnell und sicher wie die anderen, nach der ersten Zimmerstunde hatte sie sich umfrisiert und trug das Haar so, wie es die Priska trug, sie faltete auch die Ärmel ihrer Uniform wie sie. Das aufmerksame, schräge Nicken, wenn ein Gast seine Bestellung aufgab, schaute sie dem Barkeeper ab, der Giuseppe hiess, ein Italiener war und darum so schräg nickte, weil er befürchtete, die pomadierte Haartolle rutsche ihm über die Nase. Solche Zusammenhänge begriff die Stine nicht, sie ahmte nach wie ein dressiertes Tier. Schnell hatte sie heraus, dass man im Grandhotel nicht ungewaschen riecht, dass man sich nicht vor anderen in die Hand schneuzt und dass man einem betrunkenen Gast, der einem an den Hintern fasst, nicht gleich die Nase blutig schlägt. Keinen Fehler machte sie zweimal, ebenso schnell lernte sie, worauf die Gäste achten. Den Frauen gegenüber war sie burschikos, den Männern gegenüber ungezähmt und gerne etwas linkisch, und weil sie niemals ein Gesicht vergass — auch keine Unterhaltung, und natürlich wusste sie von jedem Gast, was er in den vergangenen Tagen bei ihr bestellt hatte —, verdiente sie tatsächlich reichlich Trinkgeld.

Inzwischen zogen die Mumma und der Severin vor dem Winter ins Tal, danach traf sie den Severin öfters nachts an der Milchpforte und erzählte von ihren neuen Ideen. Gesprächig war sie geworden, fast wie eine aus dem Tal, doch wenn der Severin sich beschwerte, sie

habe sich verändert, setzte sie sich auf seinen Schenkel und rieb sich an ihm so umstandslos wie früher, bevor sie weitersprach. Sie hatte manches aufgeschnappt aus Gesprächen der Gäste untereinander, sich ihren Reim darauf gemacht und zu guter Letzt beschlossen, die steinerne Alp zu modernisieren. Von einer Schaukäserei sprach sie, einmal benutzte sie sogar den Ausdruck »Sennereitourismus«. Der Severin begriff sie nicht und zog noch stiller ab, als er gekommen war.

Dann eines Abends hatte eine Reisegruppe in der Bar zum Karaoke aufgerufen, es wurde viel getrunken, und irgend jemand forderte die Stine auf zu singen. Natürlich weigerte sie sich – noch nie hatte sie jemand singen hören –, doch endlich wurde ihr gar Geld geboten. So stellte sie sich hinters Mikrofon und trug das Lied vor, das sie kannte, das vom Zigeunerjungen. Erst klang es nicht nach Singen, es klang wie ein fernes Gewitter oder als käme der Berg, doch mehr und mehr wurde daraus eine Musik, so absonderlich und schön, dass, als die Gruppe fröhlich weiter feierte, ein Gast aus Genf ganz verstört blieb. Bei einem Gang zur Küche passte er ihr ab und sagte, wie sehr sie ihn betörte, von ihr gefesselt wollte er sich fühlen, oder befreit, er wusste auch nicht, er fühlte ein Tier in sich, eine Aufregung …

Noch nie in ihrem Leben hatte die Stine ein Kompliment erhalten, und der Gast, der sich später als Bruno vorstellen sollte, hatte nicht ausgesprochen, da war sie bereits so erregt, dass sie sich auf ihn stürzte und ihn in die Lippe biss. Sie zerrte ihn in ihr Zimmer, stiess ihn aufs Bett und rieb sich an ihm so roh und masslos, dass Bruno nicht begriff, was ihm geschah, da war die Stine bereits fertig.

Doch auch hier lernte sie schnell. In jeder freien Minute wollte sie mit ihm schlafen, staunend und mit wachsendem Stolz über ihre neu

erworbenen Fertigkeiten. Sie tat, was er wollte, und wenn sie auch oft den Sinn der Handgriffe nicht begriff, zweifelte sie doch nie daran, dass sie füreinander geschaffen waren und bis in den Tod zusammenbleiben würden.

Dem Severin wich sie erst aus, dann traf sie sich mit ihm und stiess ihn vor den Kopf, indem sie ihm verkündete, der Bruno käme fortan auf die Alp. Mit seinem Reichtum wollte sie den gesamten Berg kaufen, die Helikopter verbieten und die Städter um teures Geld in Hütten wie der ihren leben lassen, mit nichts als einer Handvoll Geissen, und natürlich ohne Aggregat.

Doch eines Mittags fand die Stine Brunos Zimmer wie verwandelt, es duftete nach Aprikosen und nach Nelken, das Fenster war mit einem zarten Tuch verhängt – erst glaubte die Stine, der Bruno habe sich eine Überraschung ausgedacht, doch dann entdeckte sie im Bett eine schlafende Frau. Die Stine riss das Tuch vom Fenster und warf die Frau aus dem Bett und auf den Flur hinaus, inzwischen kam der Bruno aus dem Bad, die Stine schloss sich mit ihm im Zimmer ein und schrie, dass es durchs ganze Haus zu hören war, dass der Bruno ihr gehöre. Die Frau im Flur schrie auch, sie rief nach dem Bruno, der stiess die Stine, dass sie übers Bett fiel, und verlangte den Zimmerschlüssel. Die Stine warf den Schlüssel durch das geschlossene Fenster, danach schlug der Bruno gegen die Tür, bis der Portier und zwei der Kellner kamen. Während sie die Stine ins Bettlaken wickelten und zu Boden drückten, tröstete der Bruno die Frau, die Vivienne hiess und nichts begriff. Er sagte ihr, die Stine sei eine vom Personal und verrückt geworden, er habe keine Ahnung, was sie von ihm wolle. Die Vivienne weinte in seine Brust hinein, es war nicht zu erkennen, ob sie ihm glaubte.

Die Kellner lagen weiter auf der Stine und drückten sie zu Boden, der Portier ging hinaus

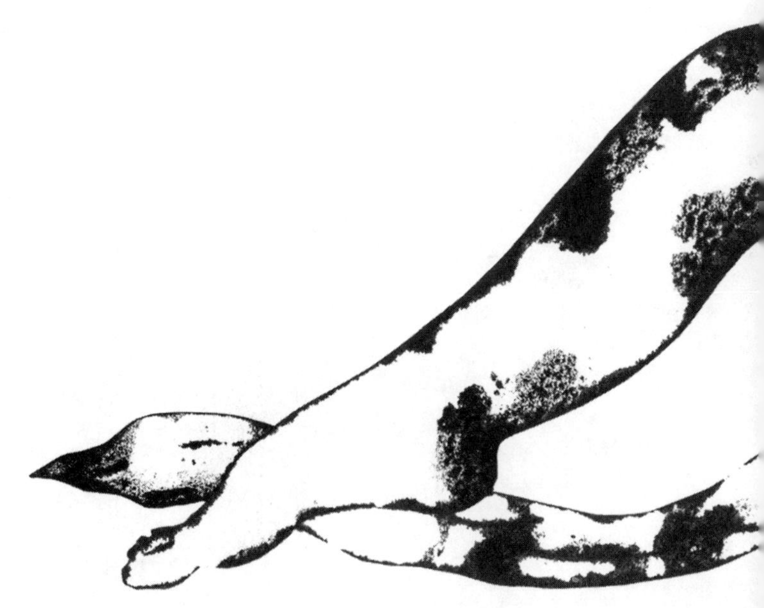

und schloss die Tür. Was er und der Bruno beredeten, konnte sie nicht hören, sie war noch atemlos vom Kampf, doch schliesslich kam der Portier zurück und packte Brunos Sachen. Als die Kellner sie endlich laufen liessen, war der Bruno abgereist.

Die Eigentümerin des Grandhotel erklärte ihr, dass er verlobt war, doch die Stine konnte nicht glauben, dass es vorbei sein sollte. Sie wollte wissen, wo der Bruno hin war, sie wollte seine Adresse, und als sie ihr verweigert wurde, zerschlug sie Mobiliar, bis der Portier und die Kellner sie vor die Tür stellten.

Sie hatte einen silbern glänzenden Schlüsselanhänger, den der Bruno ihr geschenkt hatte, weil er ihr so gefiel, mit seinem Firmenzeichen. Die Firma, hatte er ihr gesagt, sei in Genf. Die Stine lief zur Monika, die machte sie zurecht für die Grossstadt und holte Stines Sachen aus dem Grandhotel. Die Stine nahm nur das

Trinkgeld an sich, dann setzte sie sich in den Bus nach Chur und nahm den Zug nach Genf. Sie hatte das Tal noch nie verlassen – nur über die Ostflanke des Piz Spiert war sie gekraxelt –, dennoch nahm sie kaum etwas wahr. Wieder wie ein Tier sass sie all die Stunden über reglos in ihrem Sitz, sie war ganz darauf konzentriert, den Bruno zu erjagen, jenseits davon berührte sie nichts.

In Genf fand sie sich anfangs nicht zurecht, sie konnte Felsen unterscheiden, doch keine Strassen. Sie fand auch nachts die Himmelsrichtungen, links und rechts dagegen begriff sie nicht. Auf der Alp, den Geissen nach, hatte sie einen Gang, der halb Rennen war und halb Klettern, so bewegte sie sich auch in der Stadt. Im Sicherungsschrank einer Kirche fand sie eine Matratze, die ein Obdachloser hatte liegenlassen, dort schlief sie und fühlte sich wohl, es war so eng und dürftig wie in ihrer Hütte am Piz Spiert. Auch auf der steinernen

Alp schliefen sie auf nackten Matratzen, hatten nur ein Hemd zum Wechseln und putzten genau einmal jährlich, das war zum Alpabzug. Ausser in der Küche, eine Käseküche muss glänzen, sonst gelingt der Käse nicht. Der Boden im Sicherungsschrank dagegen war mit leergegessenen Raviolibüchsen und blutigen Servietten übersät.

Das Zeichen auf dem Schlüsselanhänger kannten viele, und so fand die Stine bald zu Brunos Firma. Sie beobachtete, wer ein und aus ging, und stellte fest, dass sie für Genf falsch angezogen war, pinkfarbene Leggins und Moonboots zog man hier nicht an. Als Bruno das Gebäude verliess, verfolgte sie ihn bis zu seinem Auto, sprang ihn von hinten an, stiess ihn in den Wagen und schlief mit ihm. Beide waren so aufgeregt und wild, als wollten sie einander töten, das Ganze dauerte keine Minute, danach waren sie in Schweiss gebadet. Als Bruno den Motor startete, glaubte sie, er kehrte mit ihr in die Berge zurück, aber er fuhr den Wagen nur abseits in eine Gasse, in der sie niemand überraschen konnte, und dort versuchte er ihr klarzumachen, dass er ein anderes Leben führte. Die Stine unterbrach ihn, indem sie seine Lippe blutig biss, sie schliefen nochmals miteinander, und ehe der Bruno wieder zu Atem kam, war sie verschwunden.

Von da an stellte sie ihm jeden Tag nach, am dritten Tag hatte er das Auto schon so geparkt, dass sie nicht gesehen werden konnten. Wo wohnt deine Freundin, fragte sie am zweiten Abend, wo arbeitet sie, doch der Bruno schlief nur stumm mit ihr. Also rannte sie am dritten Abend seinem Auto nach, bis es ausser Sichtweite war, am vierten traf sie ihn nicht, sondern wartete bei der Kreuzung, hinter der sie ihn aus den Augen verloren hatte. So fand sie zum Kleiderladen, in dem die Vivienne arbeitete.

Vivienne bewegte sich so absichtslos und linkisch wie ein Rehkitz, und sie hatte die Angewohnheit, im Vorübergehen mit der flachen Hand über Flächen zu streichen, denen sie begegnete, über Säulen, über Stuhllehnen – nicht so, als müsste sie sich halten, mehr so, wie eine Mutter, die ihr Kind liebt, nicht anders kann, als es immer wieder zu liebkosen. Vivienne schien alles gleichermassen zu lieben, und alle liebten Vivienne. Wer immer in den Laden kam, in dem sie arbeitete, liess sich von ihrem zierlichen bescheidenen Wesen anstecken, in ihrer Umgebung wurden die Menschen freundlich, sie liessen einander den Vortritt, sie lächelten auf Kredit.

Die Stine begann sie nachzuahmen. Sie folgte ihr zum Friseur und liess sich dort die Haare schneiden, sie kaufte sich ein Kleid, wie es die Vivienne trug, denn inzwischen war es Frühling geworden, die Vivienne trug es in Orange, die Stine in Blau, das war der einzige Unterschied.

In einem Elektronikgeschäft sah sie sich Soaps im Fernsehen an und sprach die Dialoge nach, bis sie klang, als wäre sie in Genf geboren. Zwar brauchte sie die Sätze oft sonderbar verschoben, da sie nicht wirklich wusste, was sie bedeuteten, doch konnte sie sie so vernuscheln, dass alles daraus lesbar war. Im Zug hinaus in die Vorstadt, in der Vivienne wohnte, setzte sie sich hinter sie und stahl ihr das Parfum. Sie tat alles, damit Bruno auf Vivienne verzichten konnte.

Stattdessen wollte er sie plötzlich nicht mehr sehen, erst fand sie seinen Wagen nicht mehr, dann stand er wieder da, doch als sie einstieg, sass hinterm Lenkrad nur sein Rechtsanwalt. Er klärte die Stine darüber auf, dass Bruno seiner Verlobten alles gebeichtet und sie ihm verziehen hatte und dass die Stine ein Gerichtsprozess und möglicherweise Gefängnis erwartete, wenn Bruno sie verklagte. Die Stine wusste nicht, wovon der Anwalt sprach – sie war

das Wilde, das der Bruno brauchte, das er an Vivienne vermisst hatte, er hatte es ihr selbst gesagt, in ihrer ersten Nacht im Grandhotel und später öfters. Sie wollte vom Rechtsanwalt hören, was ihn davon abhielt, die Vivienne zu verlassen, doch der Anwalt sagte nur, dass Bruno Vivienne nie verlassen würde.

Am nächsten Abend machte die Stine sich schön, dann packte sie vom Rattengift ein, das in der Kirche ausgelegt war, und fuhr zu Viviennes Wohnung. Die Vivienne erschrak, als sie die Tür öffnete, doch die Stine griff sie nicht an, sondern wartete zurückgezogen in einer Ecke im Treppenhaus und tat noch scheuer als sie. Die Vivienne liess ihr die Tür offen, als sie in die Wohnung zurückging, und als die Stine über die Schwelle trat, war die Vivienne im Bad. Die Wohnung war anders als alles, was die Stine kannte, noch nie zuvor war sie in einem Raum gewesen, in dem sie sich nicht eingesperrt fühlte. Die Menschen im Dorf hatten keinen Sinn für Schönes, ein Leben am Rande zur Verwahrlosung war die Normalität, und selbst im Grandhotel hatte die Stine nur auf Fluchtwege und Geldverdienen geachtet. Doch in Viviennes Wohnung war alles wie verzaubert, das Licht war weich, es duftete nach Obst und Wärme, die Möbel waren so grazil geformt wie Tierleiber, es klang eine Musik, die mehr ein Rieseln war, und Vivienne selbst war nicht nur wunderschön — inzwischen hatte sie sich für die Stine gar geschminkt —, sie berührte sie dazu sehr zart am Arm und führte sie zum Sofa. Sogar noch das Getränk, das sie ihr reichte, war weich — es musste etwas mit Pfirsich sein —, gleichzeitig prickelte es etwas und machte die Stine froh und leicht.

Sie sassen noch nicht lange, da begann sie der Stine mit leiser Stimme und immer auf der Suche nach dem richtigen Wort zu erzählen, was sie an Bruno so liebte, was sie und ihn verband, doch mehr noch sprach sie von ihren vielen kleinen Mängeln, von all dem vielen, das sie Bruno nicht geben konnte, und wie sie das bis in den Schlaf beschäftigte. Und immer wieder unterbrach sie sich, weil ihr an der Stine etwas aufgefallen war, das sie entzückte, die goldfarbenen Pünktchen in ihren Pupillen, die gespannte Kraft, die sich in ihrer Muskulatur zeigte, wenn sie sich auch nur nach dem Glas beugte, ihr kraftvolles Haar. So sassen sie lange, die Stine musste fast nichts sagen, gelegentlich schwieg auch Vivienne, dann sassen sie nur da und liessen Zeit vergehen, und manchmal schloss die Stine sogar die Augen, dann wurde alles um sie golden.

Später ging Vivienne in die Küche, um etwas zu essen zu bereiten, nichts Kompliziertes, sagte sie, Salat und etwas Hühnchen, die Stine hatte das Zimmer für sich. Sie fand noch tausend wunderbare Sachen, am besten gefielen ihr die holzgeschnitzten Elefanten.

Und dann entdeckte sie, gefaltet über die Sofalehne geworfen, ein Tuch aus blauer Seide, das schöner war als alles, dicht bestickt mit Blumen, Schmetterlingen, Vögeln, Fischen und Kirschbütenzweigen in Farben, die so kraftvoll leuchteten, als breche sich das Licht der Sonne in einem Bergsee. Ganz behutsam – sie hielt dabei den Atem an – öffnete die Stine Lage um Lage, erst dachte sie, es sei ein Schal, doch schliesslich bedeckte das Tuch das ganze Sofa, die Stine bettete sich darauf und schlief ein.

Die Vivienne schien etwas erschrocken, als sie die Stine weckte, und sorgte sich um das Tuch, doch dann legte sie es selbst der Stine probeweise um die Schultern und erzählte ihr, dass im Dorf ihrer Grossmutter in Georgien die Sitte herrsche, dass jede Braut dem Bräutigam ein solches Tuch sticke, in das sie alles Schöne einarbeite, das sie sich für ihre Ehe wünsche. Im Sommer vor zwei Jahren sei sie für einige Wochen nach Georgien gereist, um die Technik

zu lernen, seither arbeite sie an der Stola — als sie das sagte, seufzte sie —, es sei jedoch auch jetzt noch furchtbar viel zu tun, sie sei so ungeschickt und langsam, und ehe nicht der ganze Stoff mit Stickereien bedeckt sei, könnten sie nicht heiraten, das bringe Unglück. Und vielleicht, sagte sie mit leisem Zögern, müsse sie den Bruno auch vorher ziehen lassen, damit er glücklich werde, dann sei die ganze Stickerei umsonst gewesen. Auch diesmal lächelte sie wieder, doch hinter diesem Lächeln zeigte sich in ihren Augen etwas wie eine sehr demütige Angst.

Und da verstand die Stine das erste Mal, was Liebe war. Sie hatte Bruno nie geliebt, wie Vivienne ihn liebte, sie wollte ihn nicht glücklich sehen, sie wollte, dass er ihr gehörte. Noch dachte sie nicht daran, ihn aufzugeben, sie wunderte sich nur über Viviennes Güte, von der sie sich gewärmt fühlte, als sitze sie am Kamin, ganz eng hüllte sie sich in Viviennes Stola, die sie selbst dann nicht ablegen mochte, als sie zu essen begannen, und Vivienne wagte auch nicht, sie ihr wegzunehmen. Dann, nachdem sie nochmals in die Küche gegangen war und Tee serviert und sich wieder gesetzt und sie eine ganze Weile nur betrachtet hatte, erzählte die Vivienne in ihrer leisen, glatten, wie aus Spinnwebfäden gewobenen Stimme, dass sie eine Freundin wie die Stine, eine so wilde und starke, sich immer gewünscht hätte, eine, die sie beschütze, erst da ging der Stine das Herz über, und plötzlich war es keine Frage mehr, tausendmal hätte sie den Bruno aufgegeben, wenn die Vivienne dafür ihre Freundin wurde. Ja mehr noch, wenn sie jemanden in ihrem Leben liebte, war es die Vivienne, nicht der Bruno! Und endlich öffnete auch die Stine den Mund und sagte, dass sie den Bruno nicht mehr wolle, und die Vivienne sah sie an, als hätte sie nie im Leben damit gerechnet, und Tränen, die sie gar nicht zu bemerken schien, spritzten aus ihren Augen wie Glassplitter, und dann griff sie Stines Hand und lächelte sie an mit diesem süssen, demütigen Lächeln und liess sie lange nicht mehr los.

Der Morgen graute schon, als die Stine endlich aufstand, die Stola faltete, sie auf die Lehne zurücklegte und auf den Balkon trat. Die Wohnung lag hoch über den umliegenden Häusern, man sah den Himmel, der über den Berggraten bläulich rosa verfärbt war und einer frisch vernarbten Wunde ähnlich sah, die Stine erinnerte den Sonnenaufgang am Piz Spiert und wunderte sich etwas, dass nichts sie in die Berge zog. Auch in Viviennes Wohnung schien die Erde weit entfernt, die Menschen, das Tal, das Öde – und nirgends wie hier hatte sie sich so frei und doch geborgen gefühlt. Dabei war es nicht der Ort, es war auch nicht die Vivienne, die es auslöste, es war ihre eigene Grosszügigkeit, die sie in sich entdeckt hatte und die sie wie verwandelte.

Als die Vivienne fröstelnd durch den Spalt auf den Balkon hinaussah – sie fror so leicht – und sich erschreckt erkundigte, ob die Stine womöglich daran denke zu springen, lächelte die Stine daher nur und schüttelte den Kopf, dann ging sie ins Bad und spülte das Rattengift die Toilette hinab.

Als sie aus dem Bad kam, hörte sie, wie die Vivienne im Schlafzimmer telefonierte. Furchtbar war es, sagte sie leise, sie ist ein Monster. Sie sprach die ganze Nacht kein Wort, ich wusste nie, ob sie mir etwas antut … Ich glaube aber, jetzt habe ich sie soweit, dass sie uns in Ruhe lässt.

Als die Stine das hörte, schoss ihr das Wasser in die Augen. Sie packte die Stola und rannte hinaus.

Die Vivienne sah vom Fenster aus, wie sie auf die Strasse rannte, sie sah die Stola, schrie auf und rannte ihr nach, doch sie fand sie nicht mehr.

21

Die Stine nahm den Zug nach Hause. Eine Fahrkarte hatte sie nicht, dem Schaffner gab sie ihre letzte Hunderternote und vergass, dass sie noch Wechselgeld bekam.

Als sie am Mittag die Winterhütte am Fuss des Piz Spiert betrat, empfing die Mumma sie mit einer Ohrfeige, dass die Stine über den Stuhl zu Boden fiel, humpelte zum Bett und bettete sich, als sei sie schon tot. Der Severin erklärte der Stine, dass der Schaden, den sie im Grandhotel angerichtet hatte, mehr gekostet hätte, als sie den ganzen Winter über eingenommen hatte, die Mumma hatte ihren Ring, das bessere Paar Krücken und den Elektroofen verpfändet und wollte nur noch sterben. Hock ab, sagte er, trink einen Tee, doch die Stine sagte nur, das wäre nicht das Schlechteste, und meinte das Sterben, dann ging sie hinaus und stieg den Berg empor. Es nieselte, Windstösse trieben ihr den Regen fast waagrecht unter die Kleidung, nach ein paar hundert Metern Aufstieg kam sie in den Schnee. An manchen Stellen lag er hüfthoch, schwerer Märzschnee. Sie kämpfte sich zur Alphütte durch, der Schnee und der Steinschlag hatten das Dach eingedrückt, es war nur noch ein Spaltweit Platz, dort kroch sie hinein, lag da mit aufgesperrten Augen, die Stola an die Brust gepresst, und keuchte wie ein angeschossenes Reh.

Das Lied vom Zigeunerjungen kam ihr wieder in den Sinn, darüber wurde sie ruhiger und war fast eingeschlafen, als der Bruno nach ihr rief, er musste ihrer Spur gefolgt sein. Bald darauf war er bei der Hütte und riss eines der Dachbretter weg. Gib uns die Stola, sagte er ausser Atem, dann hatte er die Stine blossgelegt und vergass das Tuch. Er riss sich den Hosenladen auf und wollte sich zu ihr zwängen, doch die Stine stiess ihn weg und rannte höher, dem Gipfel zu. Der Bruno folgte ihr, für eine Zeit war es wie Wettlaufen, ein paar Mal hatte er schon einen Fuss gepackt, dann war sie wieder schneller.

Und plötzlich hatte der Bruno sich verrannt, rutschte ab, fiel übers Bort und in eine Eisspalte. Die Stine kümmerte sich nicht um ihn, sie rannte weiter und erreichte bald den Teufelsgupf. Vom Tal her war ein Helikopter zu hören, den vielleicht die Vivienne geschickt hatte, um den Bruno zurückzuholen, doch die Stine sah nicht ins Tal, sondern aufs Wetter. An manchen Stellen riss der Himmel auf, der Wind trieb die Wolken über Kreuz und auseinander, für Momente drückte die späte Sonne durch — nicht auf den Teufelsgupf, der lag bereits im Abendschatten. Erschöpft setzte die Stine sich am Fuss der Wand in den Schnee und schloss die Augen. Sie hörte, wie der Helikopter höher stieg, sicher war er den Spuren im Schnee gefolgt, zu sehen war er nicht, er blieb unter dem Teufelsgupf, sicherlich hatte man den Bruno in der Spalte entdeckt und machte sich daran, ihn zu retten. Nur der Rotor wirbelte den Schnee auf bis hinauf zur schlafenden Stine und deckte sie zu, wehte ihr die Stola aus der Hand und trieb sie höher, ins letzte Sonnenlicht, ganz warm leuchtete das goldene und bunte Garn.

Der Bruno lag für eine Weile im Krankenhaus nicht weit vom Grandhotel, Vivienne wohnte in einer Pension im Dorf. Oft sass sie über Stunden schweigend bei ihm am Bett, den Blick auf den Piz Spiert gerichtet. Es fiel ihnen schwer, ohne Stine zu sein, und eines Tages erzählte Vivienne, dass im Dorf eine Wohnung zu kaufen sei.

Am ersten Tag nach seiner Entlassung stieg der Bruno nochmals zur steinernen Alp auf, um dem Severin Dinge von der Stine zu bringen, eine Haarklammer und einen Pullover, die sie in seinem Auto hatte liegenlassen. Die Alphütte war vollends in Trümmern, die Alp von Steinschlag bedeckt. Der Severin wohnte in einem behelfsmässigen Verschlag etwas höher am Berg bei einem Schmelzwassertümpel, er hatte nur gerade noch zwei Ziegen.

Auch zwischen dem Bruno und dem Severin gab es wenig zu reden. Sie hockten eine Weile, der Severin sah immer wieder um sich, als habe er etwas zu verbergen, doch wenn der Bruno seinem Blick folgte, war da nur Gestein und Gras vom Vorjahr. Erst als er abstieg, sah er im Tümpel etwas glänzen, es war die Stola. Er zog die Schuhe aus und versuchte, sie aus dem Wasser zu fischen, da griff ihn plötzlich eine Hand, es war die Stine, die ihn in die Tiefe zog und eine Weile mit ihm spielte wie eine Katze mit der Maus. Dann warf sie ihn an Land zurück, als wiege er nichts. Die Stola liess sie ihm.

Zu diesem Buch

Vor vielen Jahren traf ich eine Frau, die Anna hiess. Die Begegnung war kurz, heftig und schmerzhaft wie eine Ohrfeige, doch sie bescherte mir auch diese Geschichte. Nur konnte ich mich lange nicht dazu durchringen, sie niederzuschreiben, und die zwei Male, die ich es versuchte, scheiterte ich jeweils sehr schnell. Es war zehn Jahre später Annalisa Zumthor, damals Leiterin des Hotels Therme in Vals, die einen Text bei mir bestellte, sich, als ich ihr davon erzählte, für Stines Geschichte entschied und nicht locker liess, bis ich sie immerhin zur Hälfte auf Papier hatte. Dieses Fragment druckte sie in ihrem Magazin, das war im Sommer 2008 – und plötzlich nahm allerhand seinen Lauf. Der Filmregisseur Hartmut Schoen las das Heft, als er in Leis (das liegt bei Vals) in den Ferien war, verliebte sich in Stine und wollte ihre Geschichte verfilmen; so sah ich mich gezwungen, auch das Ende zu schreiben. Gleichzeitig schlugen Ina Boesch und Corinne Holtz mir vor, gemeinsam mit Anna Trauffer, meiner Bühnenpartnerin aus »Vrenelis Gärtli«-Zeiten, einen Abend im Rahmen ihrer Projektreihe »Hexperimente« in Avers zu gestalten. Avers liegt ebenfalls hoch in den Bergen, und das Thema der Reihe ist, der Name legt es nahe, die Hexerei. Also schlugen wir ihnen vor, Stines Geschichte zu vertonen, und obwohl die beiden Damen davon ausgegangen waren, dass ich etwas Neues für sie schreibe, freuten sie sich darüber und willigten ein. Dafür war ich ausgesprochen dankbar, denn noch so eine Geschichte wollte ich denn doch nicht schreiben. Anna Trauffer und ich kamen auf diesem Weg nicht nur unverhofft zu einem neuen Bühnenabend (mit Anna aufzutreten, muss ich dazu sagen, ist eine meiner Lieblingsbeschäftigungen), das Ganze wurde perfekt dadurch, dass auch mein Verleger Wolfgang Hörner sich in den Text vernarrte und dieses Buch vorschlug, für das ich zu guter Letzt in Laura Jurt eine Zeichnerin fand, die so wendig, verträumt und sperrig sein kann wie die Stine. So schmerzt die Ohrfeige von damals kaum noch.

Ah, etwas muss ich noch erwähnen: Im Text finden sich Anlehnungen an einige Nô-Theaterstücke des japanischen Autors Seami Motokiyo aus dem frühen fünfzehnten Jahrhundert, die ich in sehr jungen Jahren für meine spätere einstweilige Lebensgefährtin bearbeitete, die Schauspielerin ist. Das nur kurz angemerkt, denn auch mit jener Zeit ist eine Ohrfeige verbunden, die mich noch etwas wortkarg macht.

Zum Autor und zur Illustratorin

Tim Krohn wurde mit zahlreichen Preisen und Stipendien ausgezeichnet. Er lebt in Zürich. Seit seinem Roman *Quatemberkinder* (1998) gilt er in der Schweiz als Kultbuchautor. Sein Roman *Vrenelis Gärtli* stand in der Schweiz auf Platz 1 der Bestsellerliste. Sein letzter Roman *Ans Meer* erschien 2009 bei Galiani Berlin.

Laura Jurt, geboren 1979, machte 2004 ihr Diplom an der Hochschule für Gestaltung und Kunst in Luzern. Sie lebt als selbständige Illustratorin in Zürich.